CAUSERIE

SUR

LES ERREURS, LES HÉRÉSIES ET LES UTOPIES EN COMPTABILITÉ

PAR

H. DESCHAMPS

Licencié ès Sciences Mathématiques, Professeur de Comptabilité,
de Législation et d'Economie politique au Lycée Ampère.

PRIX : O fr. 75

CAUSERIE

SUR

LES ERREURS, LES HÉRÉSIES ET LES UTOPIES EN COMPTABILITÉ

PAR

H. DESCHAMPS

Licencé ès Sciences Mathématiques, Professeur de Comptabilité,
de Législation et d'Economie politique au Lycée Ampère.

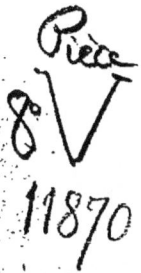

PRIX : **O fr. 75**

DES ERREURS, DES HÉRÉSIES ET DES UTOPIES EN COMPTABILITÉ

Les deux théories de la partie double.
Comédie : Actif et Passif.
La règle du jeu des comptes.
Le compte Effets à payer.
Les comptes d'ordre.
La permanence de l'inventaire.
La tenue des livres.
Les comptes courants.

Les changes.
La théorie et la pratique.
Désordre dans les livres.
L'importance de la comptabilité.
Le prix de revient.
Situation morale de l'entreprise.
La confiance dans un inventaire.
L'enseignement comptable.

Discourir des *erreurs*, des *hérésies* et des *utopies* qui peuvent se rencontrer dans le domaine de la science des comptes, est — on ne saurait se le dissimuler — une tâche aussi difficile que délicate. S'attaquer aux préjugés comptables, tenaces comme tous les préjugés, n'est-ce pas, en effet, se heurter à des préventions d'autant plus irréductibles que chez nous, plus que partout ailleurs, chacun se croit seul en possession de la vérité. Or, la vérité scientifique, qui est une, ne se plie ni aux fantaisies, ni aux idées étroites des faiseurs de systèmes.

Pour nous garder nous-même de l'erreur, qui est le partage de la condition humaine, *errare humanum est*, nous nous souviendrons, avec Montesquieu, que *les principes dérivent de la nature des choses* : l'homme ne fait que les découvrir et les traduire en formules.

Nous entendons par *erreur* une idée, une opinion fausse — empruntée aux autres souvent, — résultant soit de l'ignorance, soit d'un manque d'examen, soit d'un vice de raisonnement ; par *hérésie*, une doctrine contraire à la logique et universellement acceptée ; et par *utopie*, une théorie irréalisable en pratique.

Les deux théories de la partie double

Une *erreur de doctrine*, fort répandue et grosse de conséquences empiriques, se dresse au seuil même de la comptabilité : c'est *l'identification de la maison de commerce avec le commerçant, de l'entreprise avec l'entrepreneur*, qui forment alors un tout indivisible, un être unique, représenté dans ses rapports avec les tiers par des comptes ouverts aux différentes valeurs commerciales.

Ces comptes, appelés *comptes généraux* ou *impersonnels* par opposition aux comptes *particuliers* ou *personnels* des tiers avec qui le commerçant est en relation d'affaires, ces comptes que — tous les jours, conformément à la règle qui régit la partie double : *Débiter le compte qui reçoit par le crédit du compte qui livre,* — on fait jouer sous les noms de Marchandises, Caisse, Effets à recevoir et Effets à payer — en nous en tenant aux plus essentiels — ces comptes, dis-je, présentent à leur débit des entrées de valeurs, qui sont des éléments d'actif, et à leur crédit des sorties de valeurs, qui sont des éléments de passif. Mais il est des opérations qui donnent seulement lieu à une entrée ou à une sortie de valeur, sans sortie ou entrée correspondante, et où par suite la règle du jeu des comptes est en défaut. Or, une entrée sans sortie correspond à une augmentation d'actif, c'est-à-dire à un profit ; et une sortie sans entrée correspond à une augmentation de passif, c'est-à-dire à une perte. Aussi la partie double, qui n'admet pas de débit sans crédit, a-t-elle nécessité, *à titre de balance des écritures,* la création d'un autre compte général, intitulé Pertes et Profits, qui, débité des pertes et crédité des bénéfices, présente, à l'inverse de tous les autres comptes, au débit des éléments de passif, au crédit des éléments d'actif. Il n'y a donc pas unité dans la signification des débits et des crédits des comptes, et partant il y a erreur scientifique dans la conception même de ces comptes.

Le compte de Pertes et Profits ou plus généralement le compte de Capital — dont il est une subdivision — n'intervenant qu'à titre de balance, le *capital est bien l'excédent de l'actif sur le passif*; et comme le Bilan est ici le compte du commerçant identifié avec sa maison de commerce, le chiffre du capital, comme l'a très judicieusement fait remarquer notre docte ami Savigny, n'y figure au passif que pour balance, de même que le chiffre du solde en caisse ne figure que pour balance à l'Avoir du compte de Caisse, lors du règlement de ce compte.

Il résulte de là que la formule du Bilan est :

$$Actif = Passif + Capital$$

ou

$$Actif - Passif = Capital$$

Pour simple que soit cette conception des comptes, elle n'en est pas moins irrationnelle et l'application peut n'en être pas sans danger. Il ne faut pas dire, il ne faut jamais enseigner que l'on passe une écriture pour balance : une écriture est toujours la conséquence d'un fait commercial, dans lequel toujours aussi il y a un débiteur et un créditeur d'égale somme. La balance, avons-nous dit ailleurs, contrôle les écritures, mais ne les motive jamais.

— *Avec la personnification morale, économique de l'entreprise, distincte de la personnalité de son chef, nous rentrons dans la vérité scientifique.*

Cette personnalité *sui generis* de l'entreprise est la pierre angulaire de la partie double dont elle constitue le principe primordial (1). C'est là une vérité si nécessaire qu'elle a reçu sa consécration dans la raison commerciale ou sociale et dans cette expression du langage courant : « Cette maison fait de bonnes, de mauvaises affaires ». Ce principe est universellement reconnu quand il s'agit d'un commerce exercé en société ; on admet très bien que le Crédit lyonnais ne s'identifie pas avec ses actionnaires ; qu'il est un être moral, et que la collectivité des actionnaires en est un autre. Mais il n'en est plus ainsi quand il s'agit d'une entreprise appartenant à un propriétaire unique. Et cependant, au point de vue de cette distinction, quelle différence peut-il bien y avoir entre un établissement de crédit et un gros banquier, qui fait peut-être plus d'affaires et dont le capital est plus élevé ? Entre le Grand Bazar de la place des Cordeliers, qui affecte la forme de l'anonymat, et le Petit Bazar du coin, qui appartient à Pierre ou à Paul ? Entre une filature montée par actions et la riche filature de M. Organsin ?

(1) Ce principe a été exposé d'une façon magistrale par M. Claudel dans la Revue de Comptabilité, année 1887.

La personnalité économique de l'entreprise, distincte de la personnalité de son propriétaire unique ou collectif, — à laquelle on a essayé de substituer la notion au moins étrange de *comptable d'origine* — est, répétons-le, une conception qui s'impose, et hors de laquelle il est impossible d'expliquer (à moins qu'on n'admette le mode empirique de passer une écriture pour balance) l'article initial d'ouverture des livres et en général le jeu du compte de Capital, de Pertes et Profits et de leurs subdivisions.

Il n'est plus question dès lors, grâce à notre principe primordial et à la théorie rationnelle qui en découle, de passer une écriture pour balance.

Sans insister sur cette théorie, qui est familière à tous les comptables, nous en rappellerons brièvement les points principaux.

Les écritures sont rapportées à l'être économique, à qui sont les livres, et non plus à son propriétaire. Tous les comptes ont leurs titulaires, et parmi eux figure le commerçant à raison de son apport initial, des profits ou des pertes et frais qui lui incombent en vertu de sa qualité de propriétaire. Toutefois, bien que ce soit la maison qui reçoive et livre, sa raison commerciale ou sociale, qui la figure, ne paraît jamais dans les écritures : ce qu'elle reçoit d'un compte, qui en est crédité, elle le livre aussitôt à un autre compte, qui en est débité, — et inversement, — de sorte que tout paraît se passer entre les titulaires des comptes. C'est ainsi que le commerçant *est crédité* du montant de son *capital d'apport*, qui dès lors constitue un *passif* pour la maison de commerce, en même temps que *sont débités* les comptes entre lesquels sont réparties les différentes valeurs formant ce capital, qui, par suite, constituent un *actif* pour la maison de commerce.

D'autre part, en vertu du lien légal de propriété (1) qui le lie à sa maison, le propriétaire a droit aux bénéfices et supporte les pertes, aussi est-il débité des pertes et crédité des bénéfices dans son compte de Pertes et

(1) Les auteurs allemands disent *lien spirituel.* (Geistiger Verkehr).

Profits, dont le débit exprime ainsi un actif et le crédit un passif pour la maison de commerce.

Les débits de tous les comptes sont donc ici des éléments d'actif et les crédits de tous les comptes des éléments de passif ; la règle est générale, sans exception aucune ; et il n'y a plus lieu, grâce au principe primordial, de distinguer, avec un auteur contemporain, l'*actif réel* de l'*actif fictif*, le *passif réel* du *passif fictif*.

Or, comme en partie double, il n'y a pas de débit sans crédit, que toute somme inscrite au débit d'un compte est toujours aussi inscrite au crédit d'un autre, le total de tous les débits est égal au total de tous les crédits, et partant le total des soldes débiteurs, exprimant l'actif, est égal au total des soldes créditeurs, exprimant le passif, d'où cette conséquence que dans un Bilan, qui n'est pas autre chose qu'une balance d'inventaire :

$$Actif = Passif$$

C'est là la forme scientifique du Bilan.

La forme :

$$Actif - Passif = Capital$$

est irrationnelle, comme la théorie qui y a donné lieu. Toutefois, il est loisible, dans le but de mettre le capital en évidence et de rendre le Bilan plus intelligible à ceux qui ne sont pas initiés à la science des comptes, de présenter un Bilan sous cette dernière forme, à laquelle répond la définition courante du capital. C'est là tout ce que la théorie rationnelle peut concéder.

Encore un mot sur le Bilan.

Le Bilan donne la situation de l'entreprise par Actif et Passif. Il n'est pas autre chose, en effet, que le compte de l'entreprise elle-même, à laquelle en réalité se rapportent toutes les opérations et qui est virtuellement représentée par tous les comptes du Grand-Livre ; mais, à l'instar de l'image d'un objet réfléchie par un miroir, c'est un compte renversé, par suite du rôle effacé que la maison joue dans les écritures. Il suffit donc d'intervertir la destination des colonnes du Bilan pour le transformer en compte — par Doit et Avoir — de l'entreprise, en écrivant le passif au Doit, à gauche, et l'actif à l'Avoir, à droite C'est sous cette forme que les Anglais établissent leur Bilan.

Là se trouve aussi la clé de la substitution qui est très souvent faite de l'intitulé Profits et Pertes à celui de Pertes et Profits.

Nous croyons devoir insérer ici une spirituelle saynète brochée sur le thème même que nous venons de développer, et qui est due à la plume de notre ami Barrachin, un industriel doublé d'un comptable. Ce fait est peut-être unique dans nos Annales. Nous avons d'autant plus de plaisir à le relater que les travaux de M. Barrachin ont largement contribué aux progrès de la science des comptes.

L'Actif et le Passif, tel est le titre de notre comédie, en un seul acte, et dont les personnages sont :

Lempiric, chef de comptabilité ;
Un actionnaire soupçonneux ;

> »   *craintif ;*
> »   *grincheux ;*
> »   *impatienté ;*

Jeunes femmes portant une auréole ;
Jeunes hommes nimbés ;
Jeune fille sortant d'un puits ;
La commission de comptabilité.

Rapport lu à l'Assemblée générale des Actionnaires de la Compagnie d'Alimentation indigeste

LEMPIRIC, chef de comptabilité.

Messieurs les actionnaires,

. Le Bilan que j'ai l'honneur de vous présenter, et sur lequel je suis en mesure de vous donner toutes les explications nécessaires, est le résumé de vos affaires ; il renferme deux grandes divisions : l'Actif que vous possédez, à gauche ; le Passif que vous devez, à droite.

. A votre actif, j'ai porté d'abord les dépenses de premier établissement ; c'est une somme importante qui a été payée à des entrepreneurs et ouvriers pour les travaux d'appro-

priation qu'ils ont exécutés, à des journaux pour leurs
annonces, à des imprimeurs pour leurs affiches : ni les
entrepreneurs, ni les journalistes ne vous rendront un cen-
time de cette dépense, c'est un actif ou un débiteur fictif.

Le compte Frais généraux est du même genre : les employés ne rendent pas l'argent de leur traitement, ni l'Etat
les impôts.

Les primes de remboursement représentent une somme
que vous n'avez pas reçue, mais que vous n'en serez pas
moins obligés de rembourser : les obligations que vous
avez émises à 320 francs, remboursables à 500, occasion-
neront chacune une perte de 180 francs, qui sortiront de
votre caisse. Les pertes, les frais, les charges sont une
propriété fictive, que tous les comptables portent à l'actif
pour l'équilibre des balances.

UN ACTIONNAIRE soupçonneux.

Ces chevaliers du Doit et Avoir ne connaissent pas
d'obstacles; ils transforment les pertes en propriétés à leur
volonté. Le jour où je mène ma femme et mes enfants au
théâtre, quand, à minuit, je rentre chez moi, j'ai dépensé une
cinquantaine de francs, dont il ne reste rien ; mais c'est un
prélèvement, une somme que je possède fictivement, et qui
remplace une somme d'argent de même valeur, que M. Lempiric m'autorise à additionner avec celle qui me reste en
caisse, sans que le total de l'actif en soit modifié ; si ma cui-
sinière fait danser l'anse du panier, c'est encore un actif ;
mais beaucoup d'actifs comme ceux-là finiraient par me
ruiner.

LEMPIRIC continuant.

A tous ces actifs j'ajoute la Caisse, les Marchandises, le
Portefeuille, le Matériel, les Débiteurs solvables, toutes
valeurs réalisables qui représentent un actif sérieux.

Or le *Lexique* définit l'actif.

ACTIF. . . . . ce qu'on possède

j'obtiens donc ainsi le total de ce que vous possédez.

Passons au Passif.

Le *Lexique* n'est pas encore à la lettre P, mais il est
facile de prévoir qu'il donnera la définition habituelle :

PASSIF. . . . ce qu'on doit.

Voyons donc en détail ce que j'ai porté à votre passif.

D'abord Capital-actions ; c'est une somme que vous avez
prise dans votre porte-monnaie pour la déposer dans votre
caisse sociale ; elle ne cesse pas de vous appartenir ; c'est
votre Actif net, et cependant je la porte à votre passif,
parce que tous les comptables qui savent leur métier
agissent ainsi.

En second lieu, vous avez émis 4,200 obligations remboursables à 500 francs, prix auquel j'ai dû les porter ; sur ce
nombre 3,000 sont en circulation ; dans un temps plus ou
moins éloigné, elles tomberont au sort, et le porteur se
présentera à la caisse pour en toucher le montant : c'est un
créancier sérieux ; mais les 1,200 obligations amorties ont

déjà été remboursées ; les titres ont été retirés des mains du porteur, pour être oblitérés, mis aux archives ; jamais personne ne se présentera pour les toucher une seconde fois : c'est un créancier fictif, que j'inscris au passif, toujours pour l'équilibre des balances.

Une Réserve : le titre de ce compte en indique très clairement l'objet.

Les profits sont des sommes que vous recevez tous les jours de vos clients ; mais j'ai l'habitude d'en faire des passifs, comme si vous les deviez ; par contre, les pertes, qui sont des sommes dépensées sans retour, sont portées à votre actif, comme si vous les possédiez toujours. Ces dispositions sont contraires à notre règle, mais les praticiens qui ont du bon sens se moquent des théories prétendues mathématiques, et l'expérience prouve qu'ils ont raison.

En dernier lieu figure le compte des fournisseurs auxquels vous serez naturellement obligés de payer leurs factures.

Votre passif se compose donc :

1º Des actions que vous possédez, ou pour être plus clair que vous vous devez à vous-mêmes.

UN ACTIONNAIRE craintif.

Comme ceux du Panama, ou ceux d'Alais au Rhône, qui sont en train de se payer à eux-mêmes le prix de leurs actions.

LEMPIRIC continuant.

2º Des obligations en circulation et des fournisseurs que vous serez obligés de rembourser ;

3º Tout le reste représente des créanciers fictifs qui ne réclameront jamais rien.

JEUNES FEMMES portant une auréole.

Nous sommes les Classifications, les surintendantes de toute Maison de commerce qui se respecte ; sans nous le sucre serait mêlé aux cornichons, les Frais généraux aux comptes particuliers, et le foin du commerçant serait déposé dans son garde-manger. Nous établissons l'ordre dans les magasins et les comptes.

UN ACTIONNAIRE grincheux.

L'ordre ou le désordre. — Mais j'aperçois dans le nombre des bossues, des boiteuses, pourquoi exposer à nos yeux tant d'infirmités ?

LEMPIRIC de mauvaise humeur.

Mais nous ne les choisissons pas, ce sont les enfants de prédilection de nos Lideurs, qui nous les imposent.

JEUNES HOMMES nimbés.

Nous sommes les Actifs et les Passifs fictifs, les actifs que vous devez à vous-mêmes, les passifs que vous ne devez à personne, ou de simples contre-parties...

UN ACTIONNAIRE impatienté.

Mais, Monsieur le Chef de comptabilité, vous entremêlez dans votre bilan des débiteurs qui ne payeront pas avec des débiteurs qui payeront, des créanciers qui réclameront leur dû avec des créanciers fictifs ; si vous pouviez supprimer toutes ces fictions et nous composer un bilan rien qu'avec des marchandises vendables, des débiteurs et des créanciers sérieux, nous comprendrions plus facilement notre situation. Nous possédons beaucoup plus que nous ne devons; dressez les deux tableaux de notre bilan, et s'il n'est pas en équilibre, ça nous sera bien égal.

LEMPIRIC indigné.

Et mes contrôles ! Vous ne voyez donc pas que mon actif et mon passif, en se balançant, donnent la preuve de l'exactitude de mes écritures ! Ce que vous me proposez serait un retour à la partie simple, jamais, jamais, je n'accepterai un rôle aussi déshonorant ; je suis comptable en parties doubles, c'est ma gloire, c'est mon drapeau, et je m'enselevirai dans mon drapeau ! Mon bilan est bien exact, mon exposé est lumineux, tant pis pour les ignorants qui ne le comprennent pas.

UNE JEUNE FILLE sortant d'un puits.

Je suis la Théorie comptable, la Vérité, la Reine des bureaux ; je veux régner sans partage. Arrière les vieux empiriques de la bouteille à l'encre, qui noircissent tout ! Arrière les Classifications bossues et boiteuses, qui embrouillent tout ! Arrière les Fictions trompeuses et fantastiques, ces dragons chinois qui dévorent le soleil et obscurcissent le monde ! Les jeunes élèves de l'école seront mes disciples. Le Commerce consiste à livrer et à recevoir; je leur apprendrai à créditer qui livre, à débiter qui reçoit, et ils deviendront des Maîtres.

Je suis la Science et la Lumière.

LA COMMISSION DE COMPTABILITÉ.

La Théorie est le guide nécessaire des comptables ; M. Lempiric en observe scrupuleusement les règles, quoiqu'il s'en défende.

L'établissement des classifications est une mesure d'ordre pratique, qui n'a rien de commun avec la Théorie. L'ordre est une qualité indispensable aux praticiens.

La Comptabilité est le portrait, la fiction du Commerce, mais tout solde actif est un existant réel, dont le Débiteur fournira la valeur en nature ou en francs, et qui servira à combler le solde passif d'un Créancier.

Soyez, Messieurs, sans inquiétude ; nous avons vérifié les magasins et les comptes de la Compagnie ; son Bilan est parfait ; l'actif et le passif ont été cotés à leur juste valeur ; tous les Débiteurs payeront, tous les Créditeurs recevront ce qui leur est dû ; tous, quel que soit le nom sous lequel on les désigne, sont des personnages vivants et sérieux. Nous ne voyons ici de fictif que le discours de notre honorable Chef de comptabilité.

La transition est toute naturelle, de l'erreur de principe que nous venons de discuter à l'erreur banale qui consiste à énoncer d'une façon inexacte le principe général de toute comptabilité par Doit et Avoir :

Qui reçoit doit,
Qui livre a,

principe qui, combiné avec le principe fondamental de la partie double :

Il n'y a pas de débiteur sans créditeur d'égale somme,

conduit à la règle du jeu des comptes :

Le compte qui reçoit doit au compte qui livre.

Il n'est pas besoin de longues réflexions pour voir que celui qui reçoit ce qui lui est dû ne doit rien de ce chef, et inversement qu'il n'est rien dû à celui qui livre ce qu'il doit. Ces règles, quoique souvent exactes, ne sont donc pas générales et ne revêtent par conséquent pas le caractère scientifique qui convient à un enseignement rationnel, où l'exception ne saurait confirmer la règle.

On a bien essayé de tourner la difficulté en disant :

Celui qui reçoit doit un Avoir à sa partie adverse,
Celui qui livre a un Avoir chez sa partie adverse.

C'est là une explication amphigourique, qui n'a rien de mieux à faire qu'à disparaître devant les formules aussi simples que logiques :

Qui reçoit est débité,
Qui livre est crédité,
Le compte qui reçoit est débité par le crédit du compte qui livre,

formules qui traduisent la conséquence d'un fait commercial tel qu'il vient de se passer, sans rien préjuger sur la situation respective des deux parties contractantes.

On élimine également du même coup les expressions surannées de feu Poitrat et de ses trop nombreux imitateurs : *Débiteurs réels, Débiteurs par comptes, Créditeurs réels, Créditeurs par comptes* ; les néologismes malheureux : *contredébiter, contrecréditer,* qui déparent un opuscule très bien conçu de M. Lombard.

Ajoutons enfin que nos règles s'appliquent au jeu de

tous les comptes, sans exception aucune, si l'on veut bien admettre, à côté des valeurs corporelles, l'existence des valeurs incorporelles, susceptibles, elles aussi, d'être reçues et livrées, et de donner lieu, par leur estimation en francs, à un débit et à un crédit.

— Des erreurs que nous venons d'examiner et qui portent, l'une sur une question de doctrine, dominant toute la science des comptes, l'autre sur la formule du jeu des comptes, commandant à tout l'art comptable, nous passons à des erreurs qui, relatives à certains comptes, sont, par suite, d'un ordre moins élevé.

Le compte Effets à payer

C'est d'abord une *erreur de principe* que de regarder le compte *Effets à payer* comme un rouage inutile, attendu que, d'une part, la souscription d'un billet ou l'acceptation d'une traite remplace un créancier connu par un créancier inconnu, et que, d'autre part, elle transforme par novation une dette par compte en une dette à échéance fixe et n'admettant aucun délai. C'est, en outre, une *pratique irrégulière*, puisqu'elle est contraire à l'article 8 du Code de Commerce, et qu'elle détruit la concordance entre les comptes respectifs des deux intéressés, le billet ou la traite étant porté à l'un des comptes comme effet à recevoir et omis à l'autre comme effet à payer. C'est enfin une *pratique qui peut n'être pas sans inconvénient*, car elle peut — le cas s'est déjà vu — exposer le débiteur à payer deux fois.

Les comptes d'ordre

Une erreur à face multiple est celle qui concerne la *nature des comptes d'ordre*. Sont, en effet, des comptes d'ordre tous les comptes généraux, pour les uns; les comptes de cautionnement, loyer, gaz, assurance payée d'avance, pour les autres; le compte frais d'établissement et les comptes similaires, ainsi que le compte contre partie amortissement, pour certains; les comptes de régularisation d'erreurs, de boni ou de déficit, pour d'autres encore.

Les comptes d'ordre sont bien des comptes de régularisation, non pas d'erreurs, de boni ou de déficit, mais de régularisation d'écritures, motivées à l'inventaire, soit par des frais courus et non payés qu'il faut, pour l'exactitude du Bilan, imputer à l'exercice qui va se clore ; soit par des frais̄payés et non courus̄qu'il faut imputer à l'exercice suivant ; soit par les soldes de certains comptes qui, comme celui d'Effets à recevoir, doivent être ramenés de leur valeur nominale à leur valeur réelle au jour de l'inventaire.

Ces comptes ne sont pas indispensables au bon fonctionnement de la comptabilité, qui peut opérer ces rectifications d'écritures sans créer de comptes d'ordre.

La Permanence de l'Inventaire — Abordons maintenant, non pas une erreur ni une hérésie, mais une utopie comptable : la Permanence de l'Inventaire.

La *Permanence de l'Inventaire* consiste dans la connaissance de la situation active et passive d'une entreprise par le seul moyen des comptes, sans qu'on ait besoin de recourir à l'inventaire matériel.

C'est là l'idéal de l'art comptable, mais nous allons voir que c'est aussi une utopie.

La Permanence de l'Inventaire suppose tout d'abord la connaissance, au moyen des comptes, de l'existant des valeurs et, s'il y a lieu, des bénéfices qu'elles procurent. Cette condition préjudicielle est bien remplie avec les comptes de valeurs *qui entrent et sortent pour le même chiffre*, et en particulier avec les comptes de Caisse, d'Effets à recevoir et d'Effets à payer, dont les soldes donnent l'existant des espèces en caisse, des effets en portefeuille et des engagements en circulation ; mais non avec le Compte de Marchandises, qui, tel qu'il est généralement pratiqué, ne peut donner par son solde le stock en magasin, puisque son débit représente l'entrée des marchandises au prix coûtant, et son crédit leur sortie au prix de vente, naturellement plus élevé.

Le compte de Marchandises est en effet un compte double, en ce sens que le montant de chaque vente renferme en un seul chiffre le prix de revient, qui se réfère au titulaire du compte, et le bénéfice, qui appartient au propriétaire. Il y a donc lieu de séparer ces deux parties et d'imputer l'une au compte de Marchandices, l'autre au compte de Pertes et Profits. Si cette imputation ne se fait, comme d'ordinaire, qu'au moment de l'inventaire, pas de permanence possible ; si elle a lieu lors de l'inscription aux livres de chaque vente, la permanence existe relativement aux marchandises et aux bénéfices qu'elles procurent.

Nous n'avons pas à décrire ici le procédé comptable qui permet d'atteindre ce résultat ; mais nous devons dire un mot de la difficulté de son application, car si la connaissance, par les écritures seules, du stock en magasin et du bénéfice réalisé sur les ventes est une question résolue en théorie, elle est loin de l'être en pratique.

D'abord, il n'est pas toujours facile de séparer le bénéfice du prix de revient, dont les éléments secondaires, transport et camionnage, déchets et avaries, rabais et escomptes, etc., ne sont pas toujours immédiatement connus ; et si l'on doit apporter de ce chef une rectification aux écritures déjà passées, on compromet singulièrement les avantages que l'on est en droit d'attendre de la permanence.

Ensuite, si l'on veut tirer de cette pratique toutes les conséquences utiles et nécessaires qu'elle comporte, il faut ouvrir autant de comptes de Marchandises et de comptes de Ventes qu'il y a d'espèces et même de qualités différentes de marchandises. Il est évident que dans ces conditions les écritures seraient considérablement augmentées et occasionneraient des frais que bien peu de commerçants consentiraient à faire, malgré l'avantage inappréciable que procure le contrôle des marchandises par les comptes.

La connaissance des existants par les seules écritures présente donc le plus souvent de réelles difficultés et un surcroît de travail qui ne serait pas toujours compensé par les avantages qu'on en retirerait. « Vouloir dans certains cas appliquer la Permanence de l'Inventaire, c'est, dit ironiquement Henri Lefèvre, vouloir peser des pommes de terre avec une balance de précision ». Peut-être la pratique de nos devanciers, qui se contentaient de demander au Livre auxiliaire de Magasin le contrôle de l'existant des marchandises, est-elle encore la plus simple et la meilleure.

— Mais la détermination par les comptes de l'existant des valeurs et des bénéfices qu'elles procurent n'est qu'un des éléments de la Permanence de l'Inventaire L'Actif et le Passif ne peuvent, en effet, être représentés d'une façon continue dans les comptes, par suite des augmentations et des diminutions qui s'opèrent *sans cesse* dans la valeur des choses : c'est ainsi que chaque jour un immeuble se déprécie ; un matériel s'use ; une marchandise se démode, se défraîchit ou se détériore ; un effet, comme une dette ou une créance productive d'intérêt, augmente de valeur ; le chiffre dû pour loyer, impôts, assurance, appointements, s'accroît ; un débiteur devient douteux ou insolvable ; une facture inscrite aux livres est susceptible d'un escompte, et aussi, dans le cas d'avance ou de retard dans le paiement, d'un intérêt qui ne peut être connu que lors du règlement. Le solde des comptes est donc généralement inexact et ne peut être amené à sa valeur réelle que par des imputations journalières exigeant un travail énorme, pour ne pas dire impossible, d'écritures complémentaires, qui nécessitent souvent l'intervention du négociant pour le chiffre à donner à ces imputations.

On peut donc conclure de là que le maintien dans les comptes du prix initial, qui est la base de la détermination des existants par les comptes, est loin d'être celle de la Permanence de l'Inventaire, qui exige, au contraire, pour nombre de comptes, la constatation des variations incessantes qui s'opèrent dans la valeur des choses.

On comprend que dans ces conditions la Permanence de l'Inventaire soit une utopie.

Ce qui n'est pas une utopie, c'est la *Permanence relative*, c'est-à-dire la situation approximative donnée par la balance dans le cas où l'existant des valeurs et le bénéfice qu'elles procurent sont donnés par les soldes des comptes, situation qui ne diffère du Bilan que par les imputations nécessaires à la rectification de certains soldes.

C'est même de cette Permanence relative qu'il s'agit quand on parle de Permanence de l'Inventaire.

Quant à l'*Inventaire perpétuel*, que promettent les auteurs des méthodes à colonnes, c'est tout simplement une situation approximative du stock en magasin et du bénéfice réalisé sur les ventes, déterminée au moyen du chiffre du bénéfice révélé par l'expérience ou par le dernier inventaire. Il n'a ni la valeur ni le caractère scientifique de la Permanence relative.

La tenue des livres

Nous glisserons sur les erreurs et les hérésies relatives à la tenue des livres.

Toute discussion sur le mécanisme de la comptabilité exigerait une étude comparative des diverses méthodes de tenue des livres, qui nous entraînerait beaucoup trop loin. La critique des divers procédés d'écritures, qui a été faite de main de maître par Pigier dans sa réfutation des méthodes Vannier et Monginot, nécessiterait également d'assez longs développements. Il convient du reste, quand il s'agit de pratique, de ne pas se montrer trop absolu : tel mécanisme comptable excellent ici, là peut être défectueux ; tel procédé d'écritures à recommander dans tel cas, doit être évité dans tel autre.

Un mot toutefois sur un point se rattachant à ce sujet.

La tenue des livres ne consiste pas seulement à inscrire les opérations d'une maison de commerce sur les Livres auxiliaires, à les passer au Journal et à les reporter au Grand Livre. Elle comprend encore le contrôle des écritures, l'établissement de l'inventaire, la balance des comptes et leur réouverture à nouveau. Si, en effet, les écritures n'étaient jamais contrôlées, si on ne faisait jamais d'inventaire et si on ne balançait jamais les comptes, le nombre des erreurs allant sans cesse en croissant, toute espèce de vérification deviendrait bientôt impossible, et les livres ne tarderaient pas à présenter un fouillis inextricable.

La preuve quasi mathématique de l'exactitude des écritures résulte de la comparaison des chiffres de tous les livres, Auxiliaires, Journal, Grand Livre, avec ceux de la Balance, qui à elle seule ne donne qu'une simple présomption d'exactitude.

Il n'est plus permis cependant de ne pas établir de balance mensuelle, aujourd'hui que l'usage des comptes collectifs la rend si facile et si prompte.

Un vieil auteur Lyonnais écrivait il y a déjà 80 ans :
« Le comptable sédentaire qui suppose une balance est
indigne de confiance ; le comptable ambulant qui n'en fait
pas est plus coupable encore ».

C'est que la balance d'ordre ne sert pas seulement à
justifier l'exactitude des reports au Grand Livre.

Elle a une plus haute importance en ce sens qu'elle
fournit un état de situation dont il serait imprudent de
négliger les enseignements : elle donne d'une part le
montant des effets à payer en circulation et des sommes
dues aux fournisseurs ; et. d'autre part, le montant des
espèces en caisse, des effets en portefeuille et des
sommes dues par les clients, mettant ainsi sous les yeux
du négociant le tableau de ses charges et celui des ressources dont il peut disposer pour y faire face.

— Il va sans dire que le comptable qui porte à un
compte ce qui doit aller à un autre, commet une erreur
de principe, alors même que cela ne changerait rien au
résultat final.

— Nous devons encore relever une pratique illogique
qui consiste à porter en recette ou en paiement le montant
intégral d'un règlement, espèces et escompte compris,
sauf à rectifier ensuite le compte de Caisse par deux articles *ad hoc*.

C'est là un procédé assez répandu à Lyon, tant il est
vrai que le Mieux est toujours l'ennemi du Bien.

Les comptes cou-
rants

Nous ne ferons également que mentionner les hérésies
qui se rencontrent dans la théorie et la pratique des
comptes courants.

Hérésie, l'appellation de *nombre* ou *intérêt rouge*
donné à l'*escompte* ou au *nombre qui le représente*, provenant d'un capital à échéance postérieure à la date d'arrêté de compte, dans la méthode directe ; à l'*intérêt* ou
au *nombre* qui le *représente*, provenant d'un capital à
échéance antérieure à l'*Epoque*, dans la méthode indirecte.

Hérésie, l'appellation d'*intérêts rétrogrades* ou *fictifs*
donnés aux *escomptes* nécessaires pour amener, dans la
méthode indirecte, tous les capitaux valeur de l'Epoque.

Hérésie, l'assertion par laquelle on prétend que si, dans le règlement d'un compte courant par la méthode directe, la date de l'arrêté de compte est avancée ou retardée, tous les calculs sont à refaire et qu'il ne reste plus qu'à chiffrer le compte à nouveau.

Hérésie, cette autre assertion par laquelle on prétend que si le taux d'intérêt d'un compte courant n'est pas le même au débit qu'au crédit, ou si le taux varie pendant la durée du compte (le premier cas rentre du reste dans le second), les méthodes progressive et rétrograde sont inexactes, et que la méthode hambourgeoise seule donne un résultat juste.

Hérésie, l'usage de compter, dans les calculs d'intérêts, l'année pour 360 jours, et les mois pour le nombre de jours qu'ils ont au calendrier.

Les changes   Et dans les Changes :

Hérésie, une place qui donne le certain à une autre.

Hérésie de dire que le cours du change dépend de la balance des dettes et des créances internationales, si l'on n'ajoute pas : arrivées à échéance.

Hérésie, toute cote de change établie autrement qu'à vue.

Hérésie, le chiffre du cours du métal blanc sur la place de Paris

Hérésie, l'un ou l'autre mode de coter les valeurs mobilières, dont les cours, sur telle place, comprennent les intérêts courus, et non sur telle autre place.

Hérésie, sur la place de Paris, soit l'application de l'escompte en dedans aux devises cotées à 3 mois, soit l'application de l'escompte en dehors aux devises cotées à vue.

Et dans le premier cas, erreur de presque tous les auteurs dans la manière de calculer l'intérêt : on oublie trop que l'échéance porte sur le papier et non sur le cours, qui est du comptant.

Hérésie, enfin l'emploi à Paris du taux fixe 4 0/0.

Erreurs morales   Si nous n'avons pas insisté sur les erreurs et les hérésies que nous venons de mentionner — et dont nous aurions pu allonger la liste — c'est qu'il nous tardait d'arriver à ce que nous appellerons, à défaut d'un autre qualificatif, les *erreurs morales* du comptable, du commerçant et même de l'Etat, relatives à la comptabilité.

La théorie et la pratique

La tenue des livres est un art, et, comme dans tous les arts, il faut, pour y exceller, de la pratique, beaucoup de pratique. Mais le teneur de livres est dans une erreur profonde, qui, avec la plus entière conviction, ne croit pas à une démonstration rationnelle de la comptabilité, et qui prétend qu'elle ne peut s'enseigner que par les moyens que lui-même a employés pour l'apprendre, c'est-à-dire en passant la moitié de sa vie en tête-à-tête avec un Journal et un Grand Livre. L'enseignement théorique, en observant l'ordre logique des faits qu'il relie les uns aux autres, en montrant comment tous les détails secondaires de la pratique courante en découlent naturellement, est, si l'on peut s'exprimer ainsi, plus pratique que l'apprentissage lui-même, qu'il abrège en tout cas singulièrement. Le comptable qui possède bien sa théorie a une supériorité incontestable sur celui qui l'ignore. La théorie est une et s'applique à toutes les méthodes, de sorte que le comptable instruit dans la science des comptes peut changer de maison et se mettre sans difficulté au courant des comptabilités les plus diverses en s'enquérant simplement du sens exact des titres de tous les comptes.

Désordre dans les livres

C'est, à n'en pas douter, à l'ignorance de la Science des comptes qu'il faut attribuer l'état pitoyable dans lequel se trouvent les livres d'un certain nombre de maisons de commerce. Il n'y a pas lieu de s'en étonner, car quiconque se trouve sans emploi et sait tenir une plume se met teneur de livres. La chose est d'autant plus facile que le commerçant ne s'inquiète guère, en général, des connaissances que peut posséder son futur comptable : le meilleur est celui qui se contente du traitement le plus modique. Etonnez-vous après cela que les livres ne soient d'aucune utilité au négociant pour la bonne marche et la direction de ses affaires, heureux quand il y trouve la situation exacte de ses clients et de ses fournisseurs.

Importance de la comptabilité

C'est donc une erreur grave du commerçant que de méconnaître le rôle de la comptabilité, dont la dépense est à ses yeux improductive au premier chef. L'ordre n'est-il pas cependant, pour toute industrie, une condition essentielle de prospérité? L'expérience ne nous apprend-elle pas qu'il est souvent plus difficile de conserver que d'acquérir, que l'entreprise la plus lucrative en principe végète toujours si elle n'est pas administrée avec ordre, et qu'elle finit tôt ou tard par amener la ruine de l'entrepreneur? Or, la comptabilité étant l'ordre érigé en principe, aucune industrie ne peut bien prospérer sans l'application d'une comptabilité intelligente : c'est la comptabilité qui fait que l'entreprise a en quelque sorte conscience d'elle-même, que l'on peut à chaque instant se rendre compte de la direction bonne ou mauvaise qui lui est imprimée, de sa prospérité ou de sa décadence.

Le prix de revient

C'est encore une erreur du commerçant, du fabricant surtout, de ne pas se rendre un compte aussi exact que possible de ses prix de revient. Le prix de revient, base des raisonnements sur lesquels repose toute spéculation commerciale et fondement même de toute industrie, peut avoir l'effet le plus heureux sur le développement de l'entreprise. Selon qu'il permet d'obtenir un bénéfice nul ou médiocre, suffisant ou excellent, l'affaire est mauvaise, bonne ou excellente : dans le premier cas, elle n'est pas viable; elle est prospère et bien gérée dans le second. Mais le prix de revient est très difficile à établir et demande une comptabilité bien organisée, car il est souvent la conséquence d'opérations préparatoires ou successives dont quelques-unes ne paraissent pas avoir une liaison intime avec l'opération principale. Aussi à côté du contrôle, qui a partout une grande importance, la connaissance du prix de revient est-elle d'un intérêt supérieur pour le fabricant, en même temps qu'elle est l'objet le plus élevé de la comptabilité industrielle.

A propos du prix de revient, nous ne saurions trop mettre en garde les commerçants qui, ayant majoré le prix coûtant de leurs marchandises de 25 °/₀ par exemple, croient retrouver ce même chiffre de bénéfice sur leur prix de vente, au lieu de 20 °/₀ qui est le chiffre réel. Sur ce point, nous recommandons très vivement aux négociants et aux comptables la charmante petite plaquette intitulée : *Ce qu'on gagne et ce qu'on croit gagner*, de notre ami E. Baudran, un de nos. meilleurs et plus savants praticiens.

Situation morale de l'Entreprise — Une double erreur assez répandue parmi les commerçants consiste à juger de l'état de leurs affaires par la situation de leur caisse ou de leur compte en banque, et à ne voir dans le bilan que le bénéfice réalisé, sans chercher à en déduire la situation morale de leur entreprise Qu'importe, en effet, ce que l'on a gagné, si l'on a pris des engagements de nature à compromettre son existence commerciale ?

La meilleure situation pour un commerçant n'est-elle pas celle qui est la moins embarassée, dont la liquidation est la plus facile ? Avec un actif de 100.000 francs, sur lequel il est dû 50.000 francs, on est, toute proportion gardée, dans une position plus avantageuse et plus rassurante qu'avec un actif de 200.000 francs sur lequel il est dû 150.000 francs, bien que le capital soit le même dans les deux cas. Or, parmi les valeurs dont se compose l'actif d'un commerçant, les unes, les valeurs immobilières ou seulement immobilisées, ne sauraient servir aux échanges qu'en les hypothéquant ou en les aliénant; les autres, les valeurs de roulement, marchandises en magasin, espèces en caisse et en banque, effets en portefeuille, valeurs mobilières, débiteurs par compte, constituent les ressources dont on dispose pour faire face aux engagements à échéance fixe contractées par billets et acceptations et aux engagements tacites à brève échéance, tels que factures, créditeurs par compte, frais généraux, etc. Ces éléments d'actif et de passif doivent être sérieusement examinés, et il importe de s'assurer que les espèces en caisse ou en banque, les effets en portefeuille, les traites à fournir sur les débiteurs couvriront facilement les engagements des un, deux ou trois premier mois, suivant la nature des affaires, ou s'il ne faudra pas faire usage de tous les moyens de crédit et aller même jusqu'à hypothéquer ou aliéner un immeuble pour faire face à ses engagements. La moindre négligence ou le moindre retard dans les paiements peut avoir les conséquences les plus funestes.

La confiance qu'il faut avoir dans un inventaire C'est également une erreur assez commune de croire qu'une comptabilité régulière, avec des balances parfaitement exactes et des inventaires bien balancés, donne toujours la situation réelle de l'entreprise. Il n'en est ainsi que si la comptabilité est tenue avec bonne foi.

On peut se tromper soi même ou tromper les autres en dissimulant la réalité d'une situation commerciale, sans cesser d'avoir des livres bien tenus.

Sans parler des opérations fictives que l'on inscrit parfois aux livres pour obtenir du crédit ou pour céder une suite d'affaires, et qui sont une cause d'erreurs difficiles à reconnaître, il est des inventaires où, même sans mauvaise foi, les bénéfices sont exagérés et les pertes dissimulées. Aussi importe-t-il, pour se rendre compte de la réalité d'une situation, de discuter avec soin chaque article du bilan. C'est ainsi que l'on s'assurera que les marchandises ont été évaluées exactement; que les débiteurs ont été classés en bons, douteux et mauvais; que les valeurs immobilisées ont été régulièrement amorties. Ce sont là, en effet, les trois causes principales d'erreurs à l'inventaire. Une évaluation inexacte fera ressortir des bénéfices là où il y a perte, ou des bénéfices plus grands que ceux qui existent réellement, et inversement.

Il n'est pas rare le commerçant qui, mangeant son fonds avec son revenu, ne s'aperçoit de la disparition de son capital d'apport qu'au moment où des indices non équivoques lui présagent sa ruine prochaine. Une comptabilité bien tenue et des inventaires exactement établis lui eussent donné en fin d'exercice le résultat réalisé, et il aurait pu en cas de pertes successives chercher à remédier au mal par une nouvelle organisation et une meilleure direction données à ses affaires, ou couper le mal dans sa racine, en liquidant son entreprise, plutôt que de voir son capital diminuer d'année en année.

Si le comptable est bien pénétré de l'importance de

son rôle et s'il veut voir ses services appréciés comme ils le méritent, il devra toujours annexer au bilan un état détaillé des pertes, frais et bénéfices, et accompagner le tout d'un compte-rendu des opérations, où seront expliqués et comparés avec ceux de l'exercice précédent les principaux articles du bilan.

L'Enseignement comptable

Nous terminons par une dernière erreur que nous mettons au compte de l'Etat, trop indifférent à l'enseignement comptable.

Et cependant l'importance indéniable de la comptabilité, tant au point de vue des intérêts publics qu'à celui des intérêts privés, ne la rend-elle pas aussi nécessaire aux carrières libérales qu'aux professions commerciales et industrielles ? Il ne s'agit plus seulement aujourd'hui de former des hommes instruits, capables de discuter de tout et sur tout, *de omni re scibili et quibusdam aliis*, il importe aussi de préparer les nouvelles générations à la vie active et féconde des affaires. A ce titre, la comptabilité devrait figurer dans les programmes des trois ordres d'enseignement : primaire, secondaire et supérieur. L'Etat seul, par ses nombreuses écoles, peut donner aux sciences commerciales la diffusion qui leur est nécessaire.

Ne lisons-nous pas dans le rapport d'un consul de France en Allemagne, inséré dans le ·· Moniteur officiel du Commerce " du 10 décembre dernier :

« L'éducation commerciale est beaucoup plus approfondie en Allemagne qu'en France ; et le manque de connaissances pratiques chez la plupart des jeunes Français qui cherchent à trouver des places d'employés de commerce en Allemagne est frappant. »

Un cours supérieur de sciences commerciales ne serait certes pas déplacé dans nos Facultés devenues des Universités.

Motivons ce vœu en quelques lignes.

S'il est une vérité banale, c'est de répéter que les sciences commerciales ont de nombreux points de contact avec les sciences juridiques, économiques et mathématiques.

C'est ainsi que la théorie économique des achats et des ventes, basée sur l'observation des procédés du grand commerce moderne et sur l'analyse de leurs combinaisons variées, donne la clef des spéculations encore si peu comprises et si peu pratiquées au moyen desquelles s'opère la grande circulation des marchandises, pour la distribution des produits et l'approvisionnement général des sociétés modernes Il y a là en outre une étude graphique des diverses opérations commerciales et de leurs multiples combinaisons, qui ne le cède en rien aux procédés si ingénieux de la géométrie descriptive.

La monnaie, qui est l'unité des valeurs dans son pays d'émission, devient une marchandise dès qu'elle en franchit les frontières, subissant ainsi les variations inhérentes à une marchandise vis-à-vis la monnaie étrangère en présence de laquelle elle se trouve. De là une série de théorèmes mathématiques qui servent de base à la pratique du change, cet art si délicat du cambiste.

D'ailleurs la théorie économique du change ne constitue-t-elle pas une haute question de philosophie commerciale, par l'explication qu'elle donne des lois générales qui régissent la question monétaire, le marché financier et le commerce extérieur ? Reflet le plus exact de l'état économique d'une nation, le change permet aux banquiers et aux négociants de se rendre compte de la situation générale des affaires, en leur fournissant, pour chaque pays, des indications précieuses sur la circulation métallique et fiduciaire, sur l'état du marché, la solidité du crédit, le taux de l'intérêt. Il est un guide précieux dans les crises commerciales et financières. Il est, pour un pays, l'indice le plus sûr de l'entrée et de la sortie du numéraire. Il présage l'abondance ou la rareté des capitaux disponibles, et commande par là même au taux de l'escompte, qui à son tour réagit sur le change : une élévation du taux d'escompte amène une élévation du cours du change, qui entraine une dépréciation des valeurs fiduciaires d'abord, des valeurs mobilières ensuite, et, si la hausse se prolonge, une dépréciation de toutes les marchandises, c'est-à-dire une baisse générale des prix.

La théorie mathématique des assurances sur la vie et des opérations financières à long terme emprunte à l'analyse algébrique ses procédés les plus subtils.

La discussion d'une simple formule algébrique permet, d'une part, de limiter la recherche d'une erreur de chiffre commise dans les écritures, lorsque cette erreur est un multiple de 9 ; et de formuler, d'autre part, les règles pratiques qui indiquent au banquier s'il a intérêt ou non à décompter les remises qui lui sont faites en compte courant.

Enfin de simples écritures de partie double, passées au Journal-Grand-Livre, résolvent d'une façon originale un certain nombre de problèmes d'arithmétique.

N'y a-t-il pas là de quoi tenter un esprit curieux et avide de nouveauté ? L'illustre Cauchy le fut à moins, qui perfectionna le procédé imaginé par Thoyer pour le calcul rapide des longs bordereaux d'escompte.

H. D.

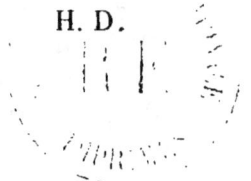

Lyon. -- Imp. J. GALLET. rue de la Poulaillerie. 2.

www.ingramcontent.com/pod-product-compliance
Lightning Source LLC
Chambersburg PA
CBHW061629180626
46818CB00005B/2300